La flor más grande del mundo

José Saramago

La flor más grande del mundo

Ilustración João Caetano

ALFAGUARA

Las historias para niños deben escribirse
con palabras muy sencillas, porque los niños,
al ser pequeños, saben pocas palabras
y no las quieren muy complicadas. Me gustaría
saber escribir esas historias, pero nunca he sido
capaz de aprender, y eso me da mucha pena.
Porque, además de saber elegir las palabras,
es necesario tener habilidad para contar de una
manera muy clara y muy explicada, y una
paciencia muy grande. A mí me falta por
lo menos la paciencia, por lo que pido perdón.

Si yo tuviera esas cualidades,
podría contar con todo detalle
una historia preciosa que un
día me inventé, y que, así como
vais a leerla, no es más que
un resumen que se dice en dos
palabras... Se me tendrá que perdonar
la vanidad de haber pensado
que mi historia era la más bonita de
todas las que se han escrito desde los
tiempos de los cuentos de hadas
y princesas encantadas...
¡Hace ya tanto tiempo de eso!

En el cuento que quise escribir, pero que
no escribí, hay una aldea. (Ahora comienzan
a aparecer algunas palabras difíciles, pero,
quien no las sepa, que consulte
en un diccionario o que le pregunte
al profesor.)

Que no se preocupen los que no conciben
historias fuera de las ciudades, ni siquiera
las infantiles: a mi niño héroe sus aventuras
le esperan fuera del tranquilo lugar donde
viven los padres, supongo que también una
hermana, tal vez algún abuelo, y una parentela
confusa de la que no hay noticia.

Nada más empezar la primera página,
sale el niño por el fondo del huerto
y, de árbol en árbol, como un jilguero,
baja hasta el río y luego sigue su curso,
entretenido en aquel perezoso juego
que el tiempo alto, ancho y profundo
de la infancia a todos nos ha permitido...

Hasta que de pronto llegó al límite
del campo que se atrevía a recorrer solo.
Desde allí en adelante comenzaba
el planeta Marte, efecto literario
del que el niño no tiene responsabilidad,
pero que la libertad del autor considera
conveniente para redondear la frase.
Desde allí en adelante, para nuestro niño,
hay sólo una pregunta sin literatura:
«¿Voy o no voy?» Y fue.

El río se desviaba mucho, se apartaba,
y del río ya estaba un poco harto porque
desde que nació siempre lo estaba
viendo. Decidió entonces cortar campo

a través, entre extensos olivares, unas veces
caminando junto a misteriosos setos vivos
cubiertos de campanillas blancas, y otras
adentrándose en bosques de altos fresnos donde
había claros tranquilos sin rastro de personas
o animales, y alrededor un silencio que zumbaba,
y también un calor vegetal,
un olor de tallo fresco sangrado
como una vena blanca y verde.

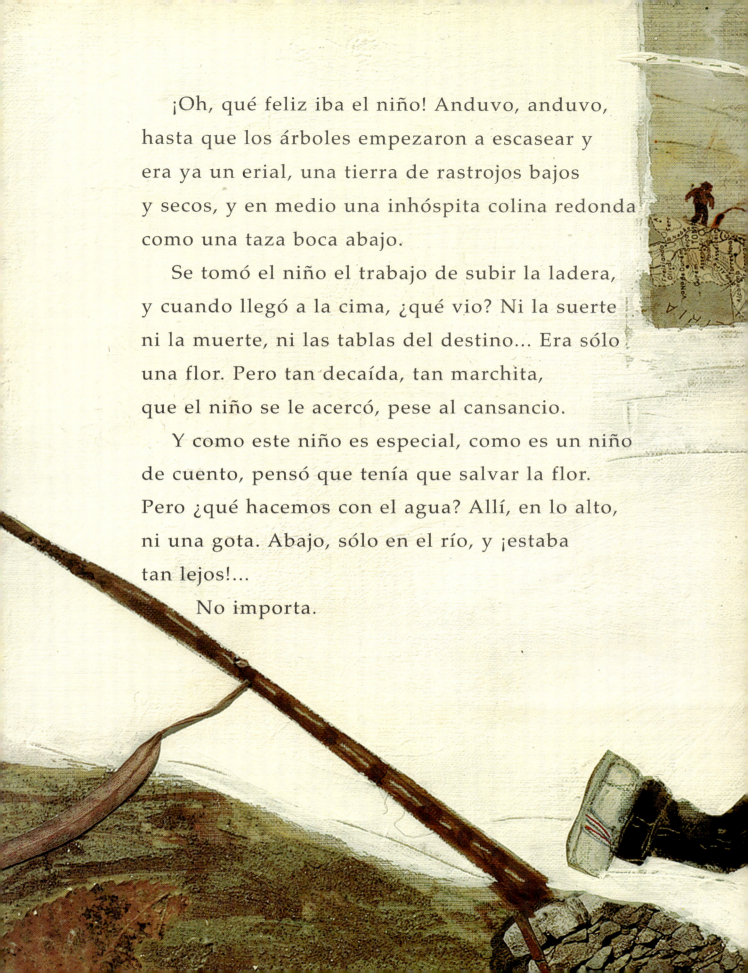

¡Oh, qué feliz iba el niño! Anduvo, anduvo,
hasta que los árboles empezaron a escasear y
era ya un erial, una tierra de rastrojos bajos
y secos, y en medio una inhóspita colina redonda
como una taza boca abajo.

Se tomó el niño el trabajo de subir la ladera,
y cuando llegó a la cima, ¿qué vio? Ni la suerte
ni la muerte, ni las tablas del destino... Era sólo
una flor. Pero tan decaída, tan marchita,
que el niño se le acercó, pese al cansancio.

Y como este niño es especial, como es un niño
de cuento, pensó que tenía que salvar la flor.
Pero ¿qué hacemos con el agua? Allí, en lo alto,
ni una gota. Abajo, sólo en el río, y ¡estaba
tan lejos!...

No importa.

Baja el niño la montaña,
Atraviesa el mundo todo,
Llega al gran río Nilo,
En el hueco de las manos recoge
Cuanta agua le cabía.
Vuelve a atravesar el mundo
Por la pendiente se arrastra,
Tres gotas que llegaron,
Se las bebió la flor sedienta.
Veinte veces de aquí allí,
Cien mil viajes a la Luna,
La sangre en los pies descalzos,
Pero la flor erguida
Ya daba perfume al aire,
Y como si fuese un roble
Ponía sombra en el suelo.

El niño se durmió debajo de la flor.
Pasaron horas, y los padres, como suele
suceder en estos casos, comenzaron a sentirse
muy angustiados. Salió toda la familia
y los vecinos a la búsqueda del niño perdido.
Y no lo encontraron.

Lo recorrieron todo, desatados en lágrimas,
y era casi la puesta de sol cuando levantaron
los ojos y vieron a lo lejos una flor enorme
que nadie recordaba que estuviera allí.

Fueron todos corriendo, subieron la colina
y se encontraron con el niño que dormía.
Sobre él, resguardándolo del fresco de la tarde,
se extendía un gran pétalo perfumado,
con todos los colores del arco iris.

A este niño lo llevaron a casa,
rodeado de todo el respeto,
como obra de milagro.

…o llevaron a casa, todavía de todo el maltrato, como

Cuando luego pasaba por las calles,
las personas decían que había salido de casa
para hacer una cosa que era mucho mayor
que su tamaño y que todos los tamaños.

Y ésa es la moraleja de la historia.

Éste era el cuento que yo quería contar. Me da mucha pena no saber narrar historias para niños. Pero por lo menos ya conocéis cómo sería la historia, y podréis explicarla de otra manera, con palabras más sencillas que las mías, y tal vez más adelante acabéis sabiendo escribir historias para los niños...

¿Quién me dice que un día no leeré otra vez
esta historia, escrita por ti que me lees,
pero mucho más bonita?...

Título original: *A Maior Flor do Mundo*

© 2001, José Saramago
© 2001, de la ilustración: João Caetano
© 2001, de la traducción: Pilar del Río
© De esta edición:
  2001, Grupo Santillana de Ediciones, S A
  Torrelaguna, 60. 28043 Madrid
  Teléfono: 91 744 90 60

Editora: Elena Fernández-Arias Almagro
Dirección Técnica: Víctor Benayas

• Aguilar, Altea, Taurus, Alfaguara, S A de Ediciones
Beazley, 3860. 1437 Buenos Aires
• Aguilar, Altea, Taurus, Alfaguara, S A de C.V.
Avda. Universidad, 767. Col. Del Valle, México D.F. C.P. 03100
• Distribuidora y Editora Aguilar, Altea, Taurus, Alfaguara, S A
Calle 80, nº 10-23. Santafé de Bogotá-Colombia

ISBN: 84-204-4354-9
Printed in Portugal – Tipografia Peres